U0074269

幽默
笑話集

旋轉木馬 著

【總序】台灣詩學吹鼓吹詩人叢書出版緣起

蘇紹連

「台灣詩學季刊雜誌社」創辦於一九九二年十二月六日，這是台灣詩壇上一個歷史性的日子，這個日子開啟了台灣詩學時代的來臨。《台灣詩學季刊》在前後任社長向明和李瑞騰的帶領下，經歷了兩位主編白靈、蕭蕭，至二〇〇二年改版為《台灣詩學學刊》，由鄭慧如主編，以學術論文為主，附刊詩作。二〇〇三年六月十一日設立「吹鼓吹詩論壇」網站，從此，一個大型的詩論壇終於在台灣誕生了。二〇〇五年九月增加《台灣詩學．吹鼓吹詩論壇》刊物，由蘇紹連主編。《台灣詩學》以雙刊物形態創詩壇之舉，同時出版學術面的評論詩學，及以詩創作為主的刊物。

「吹鼓吹詩論壇」網站定位為新世代新勢力的網路詩社群，並以「詩腸鼓吹，吹響詩號，鼓動詩潮」十二字為論壇主旨，典出自於唐朝・馮贄《雲仙雜記・二、俗耳針砭，詩腸鼓吹》：「戴顒春日攜雙柑斗酒，人問何之，曰：『往聽黃鸝聲，此俗耳針砭，詩腸鼓吹，汝知之乎？』」因黃鸝之聲悅耳動聽，可以發人清思，激發詩興，詩興的激發必須砭去俗思，代以雅興。論壇的名稱「吹鼓吹」三字響亮，而且論壇主旨旗幟鮮明，立即驚動了網路詩界。

「吹鼓吹詩論壇」網站在台灣網路執詩界牛耳是不爭的事實，詩的創作者或讀者們競相加入論壇為會員，除於論壇發表詩作、賞評回覆外，更有擔任版主者參與論壇版務的工作，一起推動論壇的輪子，繼續邁向更為寬廣的網路詩創作及交流場域。在這之中，有許多潛質優異的詩人逐漸浮現出來，他們的詩作散發耀眼的光芒，深受詩壇前輩們的矚目，諸如鯨向海、楊佳嫻、林德俊、陳思嫻、李長青、羅浩原、然靈、阿米、陳牧宏、羅毓嘉、林禹瑄……等人，都曾是「吹鼓吹詩論壇」的版主，他們現今已是能獨當一面的新世代頂尖詩人。

「吹鼓吹詩論壇」網站除了提供像是詩壇的「星光大道」或「超級偶像」發表平台，讓許多新人展現詩藝外，還把優秀詩作集結為「年度論壇詩選」於平面媒體刊登，以此留下珍貴的網路詩歷史資料。二〇〇九年起，更進一步訂立「台灣詩學吹鼓吹詩人叢書」方案，鼓勵在「吹鼓吹詩論壇」創作優異的詩人，出版其個人詩集，期與「台灣詩學」的宗旨「挖深織廣，詩寫台灣經驗；剖情析采，論說現代詩學」站在同一高度，留下創作的成果。此一方案幸得「秀威資訊科技有限公司」應允，而得以實現。今後，「台灣詩學季刊雜誌社」將戮力於此項方案的進行，每半年甄選一至三位台灣最優秀的新世代詩人出版詩集，以細水長流的方式，三年、五年，甚至十年之後，這套「詩人叢書」累計無數本詩集，將是台灣詩壇在二十一世紀中一套堅強而整齊的詩人叢書，也將見證台灣詩史上這段期間新世代詩人的成長及詩風的建立。

若此，我們的詩壇必然能夠再創現代詩的盛唐時代！讓我們殷切期待吧。

二〇一四年一月修訂

以笑聲反抗衰敗的時代——讀《幽默笑話集》

熱血漢　蘇家立*

二十一世紀是資訊爆炸，也是人們惶恐焦慮、迫不及待把自己寄身於漫漫長夜或新奇逗趣的科技產品的時代。美國黑色幽默大師，馮內果曾從《第五號屠宰場》中畢勒的質疑：「事情就是這樣」，揭曉了人生雖然無可奈何，卻應有幽默的胸襟去衝撞使人疲乏的世界，而非受其箝制，變成嘴角無法上揚的、單調的社會齒輪。展毅的《幽默笑話集》，突顯了他收斂高亢情緒的筆調，以詼諧的口吻去撫觸當代人的心靈創傷，轉換一個思考模式：我們別受命運的馬鞭驅策，但要正視我們坐在馬車之上。這本詩集雖名為「笑話集」，很有系統的將內容分為三個層次，可謂攻略人生多種悲苦路徑的指南？在讀過他略帶凜冽的風趣句子時，我們是否可以想想，要讓笑如何被呈現，才能擁有再次撼動自身愁傷的力道？

「入門篇」給予讀者的前言是「卸下你所有作態，一同進入這個癲狂的世界」。由此可以大膽推測，要能進入展毅國度的先決條件是：先脫掉所有敷飾、面具，再以素樸的容貌去涉入彼此的關係，或是探覓世上發生的種種。從〈電視節目〉、〈情話〉、〈「獸」之變奏曲〉中可窺知，從現實中揀選細瑣的素材，加以嘲諷，涼拌一些乍似漠不關心的冷淡，更能浮現作品所要訹說的荒謬感。譬如〈電視節目〉談的是各種早已塑型的社會現象，人們卻不得不沉溺於其中，以逃遁的心態給自己一個沒得選的選擇。「公益節目已經治不好我的憂鬱症？」文中最後的控訴，足以反映電視前的觀眾，其實也是讓節目得以繼續播出的，「別人眼中的節目」。〈情話〉中談的則是在愛情中被過多干預所改造的悲劇，透過綺麗的想像及刺骨的隱喻，愛人彼此不過是爭相互囚的獵人，在矛盾的漩渦中將愛意消化殆盡，而消化完後卻無情地割捨，也就是俚鄙的排泄，對映瑰美的字句更顯得諷刺。〈「獸」之變奏曲〉特意提出來說，是因為在致敬前輩詩人蘇紹連的〈獸〉之外，豐厚了教師在「體制下」被迫逐漸瘋狂的形象，不僅影射了令人搖頭的政治，並回扣無所適從的學生們，從這類作品可看出展毅積極觀察社會弊端的敏銳，而他不願矛頭直指，改用嬉鬧的面貌訴說，卻無形中埋下了說不出的笑意，只能任憑時間沖刷、淡薄。

「進階篇」是本詩集篇幅最長的，有部分作品以組詩的概念呈現，企圖以不同的角度詮釋某個正在崩潰或是離散的現象。想要特別提的是〈非夢〉這首組詩，運用了青年人的網路語彙，將對現實不滿的情緒編織成一個個小故事，如「踹共」提及的「被一隻蚊子河蟹的黑暗／最後GG了我。」短短兩行，把現實與夢、光亮與黑夜、疼痛與我、和諧與GG銜接在一塊，「輕鬆」地處理青年人有苦難言的悲壯。在「高級篇」中，讀者已經清楚，幽默非真的幽默，而是略帶憂鬱的狂默；笑中有淚並非因笑而淚，而是哭夠了才笑得出來。我想談

前言

身處在步調緊湊繁忙的現代社會，工作負荷與生活重擔是否經常壓得您喘不過氣來？您有多久不曾開懷暢笑了？俗諺有云：「一笑治百病，再笑解千愁」；《所羅門王箴言》更直言：「喜樂如良藥使人健康，憂愁如惡疾致人死亡」。是以保持笑口常開，不僅有助益身心健康，並且還能讓您獲取好人緣。

本書特意蒐羅了五十多則詼諧逗趣、寓意深遠、體察世情、直指人心的幽默輕鬆小品，提供您在搭車移動時，排隊等叫號時，課堂煩悶時，約會早到時，自助洗衣時，休假閒暇時，蹲大號時，會議冗長時……排遣無聊、舒解壓力的絕佳選擇。

您還在猶豫什麼！趕快拿起電話撥打……不對，是趕緊走進書

〔目錄〕

高級篇

入門篇

卸下你所有作態，一同進入這個癲狂的世界

電視節目

醫生說父親的心臟不好，不能再看新聞了。父親不理解……最起碼新聞治癒了他的色盲，天空和草皮的顏色再不會讓他的目光混淆。

父親說母親的脾氣不好，不能再看八點檔了。母親不理解……最起碼八點檔治癒了她的口吃，小三和二奶再不會讓她的舌頭打結。

母親說大姐的學習不好，不能再看綜藝節目了。大姐不理解……最起碼綜藝節目治癒了她的內向，八卦和謠言再不會讓她的心靈受傷。

大姐說小弟的人緣不好，不能再看卡通了。小弟不理解……最起碼卡通治癒了他的畏縮，勒索和霸凌再不會讓他的鼻頭淌血。

大人總說：「沒有常識也要多看電視。」那麼，有哪位聰明的製作人能夠告訴我，為何大家老愛跟我搶遙控器？

是不是，公益節目已經治不好我的憂鬱症了？

捷運車站

我驚恐地看著穿梭的旅客一臉漠然，不經意脫口大喊：「別！你們會被吞噬。」一魚貫前進的獵物只有兩人回過頭，其中一個冷笑看我。我瞧見他的酒窩逐漸旋出好大一張不規則路線圖，並且正要自嘴角發車。

最終回答我的是一陣空洞的咆哮：「吼隆吼隆」。緊接著又一群獵物被劈哩啪啦地消化出來（從食道到胃的時間與小腸到肛門一樣迅速）。

解夢

用Stilnox將夜撕出一道參差創口，我即裹緊身下的昨日，費勁擠了進去。

艱辛地跨過，一場夢的時差——我驚見父親正自病榻坐起，順手扯下腕間新抽芽的橡膠血管、喉頭寄生的第三片肺，以及不住淌落淚水的尿袋。生命被冷酷地搓成一條終點線，父親緩緩從結束那頭走向逐漸湮化的我。

「別，您的身子尚未康復……」我趕忙出聲勸阻，話一出口竟碎裂為滿地的冰沫。父親笑著推了推我：「出去吧，外頭有人在喚你」。

我只來得及緊擁他、最後一次。

回在床上重又塑形成年，我循著微弱聲響看去，恰好瞥見母親的影子悄悄自門縫鑽出房間，幾聲壓抑的咳嗽撚亮了窗外的光，也解了未解的夢。

情話

男子瀟灑地從口中嗝出泡沫。

泡沫在月色下漾出粉色的光，裡頭隱約囚住一名女子。女子在與世隔絕的妄想裡，貪婪呼吸著情話，如一尾被抽去脊椎的魚來回漂浮，不停覓食甜蜜的餌。

將自己越吃越瘦的魚終於開始進化——先是在腮的部位長出鷹的眼睛、在鱗的部位長出貓的耳朵、在唇的部位長出狼的牙齒，最後在鰭的部位長出纖細的四肢。她奮力一伸，撐破了禁錮多年的牢，落到地面一寸寸褪去往昔。

後來路過另一位男子，張開嘴又把她吞了下去。

年輪

長年引頷瞻望流光的囚犯們，逐漸在脖子部位長就層次分明的年輪——乃歲月的容顏、歲月的籍貫、歲月的行蹤、歲月的症候、歲月的光合作用。於是將形色個體綱目成為一支嶄新的族群，學名、俗名都叫做「恃」。

年輪的密集處向陽；年輪的疏落處向陰。年輪的密集處向外；年輪的疏落處向內。

年輕獄卒以為那是演化史上的新頁，連忙向年長的獄卒請教：「據說，他們夜夜磨擦聲帶，而在日間呼出想望？」年長的獄卒答道：「不，他們呼出的也是我們！」他翻開上唇，取下一枚磨損的犬齒：「你瞧，咱們不過顯性隱性的差別，其實全都是時間的受刑人。」

年輕獄卒看見牙齒外緣呈現一圈圈螺旋，像極了被日子風蝕過的印痕。

「獸」之變奏曲

老師教導了學生「獸」這個字，從此再也變不回人。

「某地對你的病情有所幫助。」醫生神祕地囑咐道。

於是他進到一座宏偉的競技場：塗著涇渭分明兩種顏色正在拔河的獸；啃食麥克風與桌椅的獸；低吟的、怒吼的、張牙舞爪的蓄勢待發的，獸。獸們以渾身的力道向他展示筆劃，勾勒之際像極一曲變奏的巴哈。

「我們分明不存在關聯性啊！」眼前的獸西裝筆挺相貌堂堂，自己卻是一身毛髮血盆大口。而真正的獸卻是他們不是他。

「原來我始終不懂何為獸。」老師落寞離去，背後隱隱還追來獸們的嘲諷：「我們才是真正為民喉舌的……吼！」他越走越急，竟爾蛻去一身毛皮。

從此他不在課堂上講解「獸」了，他的學生們也漸漸無人會分辨、獸。

枕年

圈圍住冬，我們即協力分食一鍋豐盛的年。自鍋中夾起歡笑，自鍋中夾起祝願，自鍋中夾起聚散……夾撈出一部熱騰騰的家族紀年。大口大口吞嚥，直至爆竹不斷打著飽嗝，而新衣滿面脹紅。

火爐逐漸呵暖了體寒的夜，月光迫不及待擠進稻埕上的守歲，茶香裊裊中啜飲傳說，是最能驅散睡魔的茗——孩子們奮力撐大眼皮，唯恐入夢後被偷偷咬掉，一大截滿心期盼的來年。

趕在午夜甦醒之前，父親偷偷透露年獸總算被他關進了紅袋子，並且交予我；我隨即將其牢牢枕於頭下，睜著一整個童年不敢隨意翻身。

堅持到床板日益佝僂，終於撐不住我日益成人的世界。

夜孃

我悄悄潛入濃妝豔抹的夜。夜越深，肉體變得越年輕，靈魂變得越蒼老，我以小時為單位兜售自己。

在一個個陌生男子的愛撫之下，我逐漸形塑出成熟女人的胸臀曲線。有些男人拿鈔票將我變成了木偶，隨他們的指令擺弄著可笑的姿勢；有些男人，在酒氣的蒸騰後退化為獸；更多男人一邊用陽具戳扯我的神經，一邊問道：「舒服嗎」？我想，他們應該聽不懂越南話的「痛」！

在熱水的淋浴下，我一次次重新受洗成為教徒。

每次和故鄉的母親通電話，她總問我：「工作辛苦嗎？」我強忍住委屈，將身體一寸寸地縮小擠進話筒，經過一段煎熬的旅程終於返家。母親驚訝地看著我僵硬的笑臉。我答道：「工作一點也不辛苦！」

我不能讓她看出我的子宮正汩汩地在淌著淚。

治病

我在家中窩成一本月曆，一日日被撕去生命的厚度，於是打包寄往臺灣接受治療。

我每天花十二個小時復健，其餘則用來吃飯、睡覺和想家。一大早，在工廠鈴聲的催促下，我匆忙鑽進某個分配好的螺孔。時間旋緊我我旋緊身體，任由機器矯正脊椎的彎度。

當我不累時，會在工作桌上偷畫新家設計圖、編織父母的新衣、圈選弟妹來年要就讀的小學；當我很累，我的抱怨一出口總化為別人聽不懂的泡沫。我在出勤記錄簿上量身高，在薪資袋上秤體重。當我駝了，出勤記錄就長高；當我瘦了，薪資袋就變胖。

每個月有一天的療程去河邊。只有潛入水中，我才驚覺自己猶是一尾逡巡在故鄉水域的茶魚——我的鱗我的鰭我的鰓，我那張不大也閉不緊的眼瞼，完完全全made in Vietnam。

泡麵

母親籌湊不出旅費，只好偷偷把叮嚀與泡麵塞成一箱遙寄給我。郵資是一經水便膨脹的擔憂。

就著微弱月色，我拆解起包裹，回憶拆解起我，沒一會我終於赤裸，慌忙鑽入箱中。我以一貫蜷曲的姿勢聆聽母親教誨，卻不經意瞥見泡麵吃掉父親的香菸、弟弟妹妹的零嘴，以及母親那條怎麼也捨不得丟的舊紗籠。

有同事自箱外走過，好奇地以言語拍打著我：「有人在嗎有人在嗎有人嗎？」我溺在自己的眼淚裡無法出聲制止——別！你恐怕敲壞的可是我魂牽夢縈的家。

我撕開調味包，好不容易擠出一個美夢。泡麵裡的麵是故鄉的山巒，泡麵裡的湯是故鄉的河川，至今兩年的外勞生活，母親總共殷切地囑咐了二十四遍「記得按時吃飯」。

我含淚吞進六百多個越南。

用怪手收割稻田的人

怪手偷偷伸進稻田收割的凌晨三點，據說他仍酣睡於床榻夢著童年！

夢裡他與父母擠坐在破舊狹隘的灶腳，餐桌上躺著幾道有氣無力的菜餚——一碟花生米、一盤地瓜葉、半顆鹹鴨蛋、莧菜豆腐湯……還有與多數家庭如出一轍、只摻雜少量糙米的番薯簽飯。家訓在用餐之際被反覆咀嚼，父親始終默默進食，唯有當他不慎掉落飯粒，才舉筷自指關節狠狠叮囑一句；而他只顧臆想鮮肉滋味，竟漏聽了母親最重要的教誨：「暴殄天物會被雷公劈。」

驀地一道響雷，將他從睡夢中驚起。（其實那只是怪手的嘆息）

他戰戰兢兢躲在電視機後，探頭窺視激憤抗議的鄉親，幸好人群中未見熟悉的雙親身影。此時手指忽然隱隱作痛，他低頭一瞧：曾被父親訓誡過的部位，無預警浮現一條條乾癟死去的蚯蚓。

慌忙躲回被窩，他打算待抗爭落幕便蓋座「農奮館」，藉此宣揚「使用怪手收割以節省人力成本」、此一劃時代的農業革命。

尋人啟事

姓名：
施根鍺

籍貫：
後撤港口的上一站是
偏僻山溝的上一站是
母親苦候不到兒子返家的埕前
（亦如新家的上一站
遠從故鄉夾帶來的門牌）

婚姻狀況：
配偶欄上印著斗大的「國家」

出生年月日：
砲擊開始前還是天真無邪的孩子
硝煙隨即在掌心烙下焦灼的年輪
民國三十八年
他領取一把步槍作為成年禮

職業：

一同除役的年邁袍澤
積累了半世紀的苦痛
至今躺在病床上仍不斷念叨反攻

身分證字號：

東經111度33分
北緯22度46分
形塑出兩泓深邃的思念

備註：

據傳有鄰居眼尖瞥見
失蹤者所懸掛的國旗上隱約浮現一道人影
蜷曲成小島的形狀
頭朝西北
而在眼眶周圍凝出一層厚厚的鹽

性別：

戰火過後
每甕酒裡都釀進一條漢子

特徵：

眉角有道拉伕時磕碰出的疤
淚痕浸漬於雙頰

三月十七號那年

一頭穿著人皮的狼（西裝筆挺）
偽裝自己慈眉善目恭敬有禮
卻在不是月圓的日子
發狂掙脫民主的鎖鏈
齜牙咧嘴反噬、據說理當馴服的主人
牠蠻橫
妄想稱王卻又怯懦無能
終究只得躲在多數暴力的陰影底下
氣極敗壞地嚷嚷：「是我光復了威權！」

一群手無寸鐵的殉道者
只好憑藉勇氣與嘶啞的嗓子
奮力將身體聯接成一朵太陽花的綻放
艱困反抗最醜陋不堪的傲慢
他們的瞳孔內有焰火，笑容中有彩虹
帶著血沫的嘶吼是意志的顏色：
「請依法謙卑！」

三月十七號，那年
他們驀地奮起，斷代了一個國家

進階篇

冷笑，是我們抵禦現實的最大武器

不眠

起

被母親唸叨「幾點了還在講電話？」
對不起我、只是數羊的聲音大了些

承

不斷嘗試切入
和枕頭突破僵局的角度

轉

長夜是一把鍋鏟
在床上反復煎我

合

一直盯著時鐘
那裡便有一個日頭冉冉升起

分手

而後
開始了和影子的一段交往

秋天剛走
你便急著褪去一身他
還有他許過的願
有時落葉都不瞭解落葉自己
據說
接近分手的緯度
日光特別溫暖

最近較少夢話了
包括將你的癖好於呼吸間洩漏
其實
作夢並不需要黏膩的吻
天亮前想我是自由的

把你鎖進抽屜
卻忘記抽出鑰匙

我生鏽的樣子想必很醜

成人童話

一：

我問：「siri、siri，誰是這個世界上最壞心的人？」

老闆的手機背面浮現被咬掉一口的毒蘋果

二：

經理打扮得光鮮亮麗，提早下班去參加晚宴

課長打扮得光鮮亮麗，提早下班去參加party

特助打扮得光鮮亮麗，提早下班去參加聯誼

唯有我蓬頭垢面
仍待在電腦桌前揮汗不已
（奢望睡醒後誰已經幫我完成工作？）

三：
達到業績的醜小鴨立刻蛻變為天鵝

四：
披上雨衣、戴妥頭罩
我就要啟程前往公司
對抗壓榨夢想的惡魔黨

五：
我們於是被薪水豢養了
眼裡再也容不下一株玫瑰

西出陽關

渭城無酒
獨酌
一盅比淚苦澀的
遙　遙　無　期

清晨是
朝雨更是
還有那半截默默啃食柳色的青石小徑
將愁緒全推給

千百年來不哭不鬧的
暮色

西出便能說得這般慨然
這般壯志凌雲
於是嘴角咳出了一句「珍重」
遠較大漠上的孤煙寂寥

如果陽關不死

如果陽關依舊
我將舉杯遙敬
如勸你進酒時的虔誠
馬蹄聲不是美麗的錯誤
但我無法找到更好的逗號

拴
住你
整裝待發的滿臉落寞

渭城無語
陽關再非回鄉的路
只因
西出無故人

形上學

於掌心刻劃一條線
努力不輟地一路往前拉長　拉　　長
最終在妳的掌心拉出了
只容兩人並肩同行的一條小徑

於唇角植種一株藤
勤奮堅持地不斷朝上攀爬　攀　　爬
最終於妳的眼底攀成了
只供兩人相濡以沫的一泓水塘

於此時此刻植下一枚種子
在兩個國度相距最近的邊界

也許白晝炙熱，黑夜酷寒
然而經愛澆灌過的荒漠
想必也能開出無比馨香的
一朵玫瑰

貝

自密實的謊言中硬撬出你
生苔的舌尖猶自涎著虛偽的黏膩
縱使討好地給了顆珍珠
依舊掩蓋不了
你曾吐我一臉淤沙

眼角濺起的浪花
在臉頰沖積出一條寂寞的邊際線
成串的凌亂腳印

哪頭是我
哪頭是終點

眾人皆言煮食你
但我決定將你串成風鈴
用微弱的囈語
繼續討好

想像

放生

（臺灣的宗教放生活動，平均一天上演兩點一次）

在公德名冊簿與識別證上頭
燙印了醒目的亮金色「善」字
眾人魚貫領取
彷彿即能集點兌換
搭造浮屠的那一紙建照

滿載了一車佛祖的慈悲
於是我們啟程、焚香淨身
開往預定的樂土

上游在佈施
　　下游在架網
上游在誦經
　　下游在數錢
一條河上演了無數次輪迴

麻雀被殘破的天空放生
烏龜被汙濁的海洋放生
青蛙被髒臭的溪河放生
虔誠的信眾被
不肖的商業行為放
生

生命在抓放之間無奈輪迴

青春期

蟬的竊語搖醒了午休
揉開酣夢
整間教室猶自睡眼惺忪
驀地自身後灑下來了一抹陽光，及妳
伸懶腰成最溫暖的橘

「多買的」妳微笑遞過來一杯蜜茶
曖昧的甜度萃取於
整季欲語還休的十七
紙條，偷偷馱載情愫的蝴蝶

在課堂間來回搔動
我左心室的琴弦
妳右眸裡的星光

青春總不住造謠誰喜歡誰
而多數只是一點點賀爾蒙之必要
——其實沒人察覺的
愛情正墊起腳尖
躡手躡腳地試圖擠進

我　們

非夢

喵的
並不僅僅只是
落地無聲的啞彈
當他們弓起春天的腰
夢鄉即在瞬間炸碎

機車
一輛機車機車地

在大街上發著酒瘋
吐過後又迅速朝兩點四十七分的方向
逃逸

窮忙

相隔一牆
我在裡頭專注數羊
雨在採光罩上
練習了整夜的蕭邦

踹共

被一隻蚊子河蟹的黑暗
最後ＧＧ了我

柚子節

火車一溜進入平原
鬍鬚便迅速生長起來
如同一年兩穫的水稻
被種在太平洋的長　　　下巴

而滿月
是一團發酵過的鄉愁

之所以戲稱柚子節
在於月亮並無一分為四

可戴在頭頂的瓜皮小帽
據聞月亮發胖的原因不是烤肉吃多
而是歸人們太瘦

早年在臼齒植入一枚糖晶
導致醫生警告「過多甜份將引發憂鬱」
母親卻寬慰：
沒關係，不吃棗泥蓮蓉豆沙芝麻
還有蛋黃香菇五仁叉燒

我發現母親的月餅裡沒有字條
因為她把祕密
藏在全身的油煙味

背影

「我愛妳」
而將身子嵌入沙發的妻
始終無視我深情的告解
我只得默默起身
離開帥到掉渣的韓劇歐巴面前

「我愛妳」
而將身子堵住門口的妻
始終無視我深情的告解

我只得默默掏出電話
婉拒朋友今晚的邀約

「我愛妳」
而將身子縮進陰影處的妻
始終無視我深情的告解
於是我關上了燈
繼續默默數我的羊

島之生

我十分認同
他們所振聲疾呼的經濟發展至上——
假如我未曾赤足親吻過潔淨細膩的沙灘
假如我未曾裸身繾綣過明亮沁涼的海洋
假如我不曾來
並且真心交往

我也確信
最曼妙的蝴蝶不會翩躚於粉飾雕琢的庭園
最璀璨的星子不是鑲嵌在富麗堂皇的城堡

風景可以打包成明信片帶走
鳥語花香不能
那些鼎沸人聲終將過客
浪花從不曾停止對島的眷戀撫摸

依然翻騰著千百年來的不變鄉音

孩童開始學機率不學自然
女子開始學裝扮不學廚藝
男人開始學投機不學補魚
環境長期學著沉默
人們卻總學不會退讓

投票即將完成
而我們始終將鳥獸魚蟲花草山海

馬戲團

飛。亦或靈魂的終站
找不到入口的笑
月光持續，被反覆摺疊
一幕扣著一幕嘉年華式的
吉普賽

蘋果之芽，在幾把尖銳的呼嘯隙間萌發
可以鼓譟的時候
秩序不要

活在彩球上的民族
面具、仍面具著

用一個煽情的夜
揉成劇的形狀播映
關於哥德式帳棚與後現代達達馬戲
天使高歌「全野獸奏鳴曲」

票根以外記憶可以打包

做公益

我去了兩性平權的粉絲團按讚
我去了支持多成家的粉絲團按讚
我去了關懷偏鄉兒童的粉絲團按讚
我去了搶救流浪毛小孩的粉絲團按讚

我去了無限期推動獨立建國的粉絲團按讚（並且悄悄更換了大頭照）
我去了反媒體壟斷的粉絲團按讚
我去了時代力量的粉絲團按讚（但把政黨票投給別黨）
我去了創世基金會的粉絲團按讚
我去了聲援子瑜的粉絲團按讚（又將大頭照改了回來）

我去了節能減碳救地球的粉絲團按讚
然後，便安心地上床就寢
夢裡的世界一片祥和

寄贈莊子

手中無蝶
無蛹
獨掬一把翩翩欲飛的
弱水三千

北溟有鯤鵬
更有你狂歌時的身影
撼動南華
那麼形體就不是宿命的成因

而口中吐出的道
便遠較逍遙逍遙
比灑脫灑脫
但仍敗給時間

因一個驚嘆號終究栓不住
滿腹奇思的

你

祭痘文

當你數度以青春之姿
向我誇耀生命中無法泯除的動
彰顯
食指與食指夾擊不能脅迫的
視死如歸
確實我，被震懾
那無關乎憎惡
就只是不甘心

讓一大片廣闊的遼河以西
成為飢餓戰爭與互不侵犯條約的代罪羔羊
讓豐饒大地平白多出幾個
油離政權
聽任他們將污垢種下
泱泱神州

發炎是自找的
流膿也是
誰
讓我們只有指甲的武器與
一面不太清晰的鏡子
如此便無法觀察疤與疤之間的
相對位置

據說：平行於長江而
垂直黃河

至於後來的「幫你洗靈」（或譯做盤尼西寧）也只能快速治標
皮下組織的那層腐敗唯有
腐敗忍得
只要人類不停止自虐
只要人類不滅

所幸四十八歲更年期後
我已適應
無需綻痘的日子

暑假

當蟬一醒，孩子就瘋了
爭先恐後地衝向夏天
被拋在身後的是師長的叮囑
以及
一叢怎麼拔腿也追趕不及的書

處在炎熱的光照下：
孩子和溪流
乃少數不怕中暑的存在
孩子和颱風

乃少數不需充電的存在
孩子和地球
乃少數停不下來的存在

撒潑的孩子
僅維持一季的自然景觀

當蟬一睡，孩子卻又慌了
因為堆疊起來的作業
遠較整個暑假所流的汗
更多

無神論者

一

直到馬槽裡的嬰兒誕生
人們相信
從此世上開啟了一條通往天堂的捷徑
瞧——
不就在那邊的電線桿上

二

只有亡者察覺
天秤上的砝碼早被動了手腳

而祭司卻謊稱：
一顆心臟換一張來世的兌換券

三

死於獵槍下的母熊
結果絕非單純的命運安排
只因法官收取了一位妻子的賄賂
便將星子當成予妳的餽贈

四

簡樸了半個世紀
為的是石板打造的歸宿
可敬的勇士
你們赤裸的雙腳如何走到聖山的
都蘭

五

菩提樹早已枯萎
卻有許多信徒宣稱
他們聞到花開的馨香

六

一條乾涸的川
何須擺渡人日夜的殷勤接送
只有愚者才會搭乘
有破洞的爛竹筏

七

在每一座香火鼎盛的廟宇背面
一場盛大的施捨儀式正要展開

八

馬上的英雄
當你揮舞雙手宣揚教義時
追隨者可能只是懼怕你手中的寶劍
輪迴有無可能只是痛苦的不斷堆疊
天知道

詩可以興……

鳥

黃昏
是倦了的一對翅膀
將溢出時序的自己
銜回巢去

獸

從名詞演化到
形容詞演化

到動詞
——主詞都是「人」

草

一種絕頂輕功
一種詛咒方術
一種詐欺借箭
一種捨己救人

一種，亂世中命如草芥的
國風

木

櫸、紅檜、扁柏、花梨
楓、烏樟、柚、黑胡桃

……

哪種材質的棺木
適合存放寫詩的頭顱

魚

他說：
我活在妳的世界裡

她說：
你是我不安於室的心

蟲

有時吃米有時吃書
有時吃掉勤奮

有時吃掉精神
（有時吃掉存放頭顱的棺木）
偶爾還把我引以為傲的字句
吃成一團亂麻

過境中山北路

入夜之後我過境妳

以菸味、鬍渣、汗漬、當日工資
混搭幾首不那麼苦的臺語歌曲
將理性暫且拴於門外
黑暗便群起蒸餾我們，釀成感官的獸

生命乃不住消融的泡沫
隨興飲啜但無須計較厚薄
彼此互通名姓

然後很快沉到杯底
——像妳來自的那個故鄉無人記掛
像護照上戳記過的陌生國度。進入
總不是家

孳生的寂寞開始揮發
滲進男人的瞳孔女人的髮
「五、十五、沒有」
「四逢、總來」
無視一座城市逐漸虛華

環抱住妳（市場經濟式）
我微笑探訪身體的私房景點
妳酌量收取入場費
妳把衣服一件件脫　下

妳把生活一件件穿上
我把抱負一件件脫　下
我把現實一件件穿上

而明天仍在明天等待
而日子仍在日子徘徊

終究有人入內打斷；
「本次停靠即將結束，請各位遊客盡速登機。」
朦朧間不曉得誰吐了一句
Goodbye、Vietnam

嫦娥

妳也被放逐了自己
月色無法忘懷喘不過氣的天空
後來
逐漸害怕戀人用手指向風

傳說有很多種顏色
妳是最悲傷的藍
帶起了遠方
只能有小孩子的童年陪妳的秋

故鄉
是我們刑笞愛情的終站

我可以射下灼日
卻瞄不準妳
愛人
妳這世間最堅韌的水
流浪在夜

在每戶團圓的燭光中

髮妻

剪下妳一撂細髮
落入水中即飄出層層漣漪

未結婚前
妻總愛買髮飾
綁掛著滿頭的熱鬧
風剛吹起
妻的背影便在那頭呵著
呵出一道彩虹
我是剛下過的雨

從妻的頭髮繞過身體
恰完成一首詩

後來妻的髮飾變成我的領帶
繫住漂泊的靈魂
妻不再打扮
卻更美麗了

某月某日妻笑著說：
「瞧，白髮都長出來囉」
妻的白髮是我的幸福
那一年
走過冬季足跡還不及留下
而髮白的速度
遠勝雪融

原來髮、妻
竟有一縷理不開的
緣

積族成塔

統治者終究走了
拄著陽痿的槍以及襤褸的驕傲
啞口無語
一路踉蹌
徙往櫻墜的北方
於是盛大舉辦慶典
領回被種族隔離多年的獵場

光復了黥面
重又縫合聲帶
且於敵人的信仰
虔敬植入一枚種子

儘管環境險峻
也許新發的枝芽依舊孱弱不已
歷經血的澆灌與酒的滋養
歷經迴盪谷間的歌聲催化
在祖靈的慈目眷顧下
有一天勢將長成參天神木

不是為了射日
而要宣示一個種族的拔起

我們是勇士的子孫的子孫的子孫的
血脈
流淌為豐饒綿延的嘉南平原

註：嘉義市射日塔的建築造型構想來自阿里山神木，塔身褐色的鋁條所形成的紋理，與神木的外皮相似，原址為建於日治時代的嘉義神社。「射日塔」塔名即出於原住民的射日傳說。

遶境

擲落茭，跌宕了一地祝禱
煙即躍起　探手
將整卷捋平的夜分成數塊
我們揀選其中最皎潔的那裁月色
拓印上行腳式的嘉年華
繼而裊裊檀香著整座村庄
一畚一畚的燭火
淘不盡的傳說

爆竹昂首開道
一路　踏響人聲鼎沸的街
香案在喧囂外磬然
撥散黑暗
徐徐捂暖整條人龍
陣頭乃一方越陳越醇的鄉土：
電音三太子——笑聲不斷的稚童
官將首——面惡心正的警察伯伯
舞獅——土狗來福憨態可掬
車鼓陣——操場上的媽媽土風舞
手轎——狂放的雙人探戈
公背婆——祖父祖母剛過金婚

之於遶境
每一合十便梵唱出善

所有足跡接踵成因果的　圓
虔誠膜拜的信眾
悄然於膝前許下來世的　願

而神明顯跡在
一張張質樸滿足的笑臉

擱淺事件始末札記

流質月光
是碎裂旅程的最終站

影子早飛不過
被海洋框限住的島嶼，將整片斂起的沙
擲向浪頭一隻隻折翼的鳥
如我　襲來
南十字與北斗星的交界處
正在嘔吐的船
好一部蒙太奇

木製、鐵塑、舵槳錨
赤裸著上身的水手與航線
反覆並且反覆著
將回憶浸泡
想像以一個側翻三百六十度空中轉體垂直落下
溼了的哇沙米沾醬
無所謂分割鏡頭

蟬與詩人的關聯

唧唧復唧唧
蟬一如你
恆以固執的音節存世
而獨立

唧
　唧
　　唧

你們在夏季猛然掀起熱浪
烘得旁人焦躁不已

隨即不帶表情地
羽化成歌

你說著「蟬」的語調平淡
彷彿只是在闡明天氣
和一整個避不開的雨季
你總抱怨露水太苦　竟
讓晨曦消瘦了半圈

唧唧復唧唧
你一如蟬
從喧囂到寂靜
在喃喃中孕育必要的寂寞
我只記得
最後你將世界推開的模樣

鏡子

笑是你的
哭也是你的
那半邊找不到歸宿的靈魂

誰
的

關於一座小島的面貌

景一

海往往比山更早醒來
然後無所事事
枕著心事發呆

候鳥急著追問你昨夜出航的下落
卻不知道
討海的人已躺成一條寂寞的海岸線

景二

我們許了整個晚上的願
卻沒發覺有人為此哭紅了眼
原來每一句諾言
都是一滴
淚
不知何時偷渡上岸的貝
吻在戀人的眸裡凝出珍珠

關於金色

俠客是職業
狂是你

長安是夢
將整條街蹭出酒香
慣與影子對酌的人
便無從得知
杯會寂寞

關於金色
是把腰際泛黃的帛
用詩句繡上一整幅唐
劍氣從指梢
月色自眉間
在崑崙
交會

即羽化
成笛

關於紅色

而史載
你慷慨吟誦所咳出的血
恰落入帝王「觴酒豆肉」的觴
即　成一條江

之於紅
乃一冊流浪的國風
在現實與理想間
詩人是一支無船的槳
划啊划

向汨羅
把抑鬱吁成一截短促的
簫
便
成賦

關於綠色

而，山之南呢
能否留一首被秋風磨亮的
詩
被用來送別　或
種滿一整季的菊

那麼水之盡頭應會有
幾行被桃林薰紅了
行船之波
登記為隱者的那種

習慣月照與蛙鳴
你才是使我宿醉的
古箏

才是使泥土不醒的
鋤

安眠藥的使用須知

英文名稱：still lose。

中文譯名：持續喪失入夢的自主權。

製 造 商：信藥者有福。

適用症狀：

一養黑眼圈詛咒負心漢的人。

二在腦袋裡放牧綿羊的人。

三與枕頭徹夜廝磨的人。

四電視催眠不了的人。

五比鬧鐘焦躁的人。
六反覆不定的人。
（凡將我奉為此生唯一的主
　必以血肉救贖你的靈魂）

致癮成份／每晚：
一代謝不掉的依賴。
二戒斷不了的習慣。
三割捨不下的眷戀。
四剝奪不去的沉迷。
五外裝標示曖昧不清的
　賞味期。

副作用：

一開始自眼球發出囈語。
二人類的基因越來越少。蝴蝶的基因越來越多。
三困在時間的迷宮內找不到出口。
四一部分的今天被昨天蠶食。
五不斷呵欠著明天。
六偷溜上街的影子忘記捎上自己。

注意事項：

總是讓黑夜躺去大半床位的患者，
沒有輕言翻身的餘地。
而天亮之前，
現實始終不肯乖乖闔眼。

讀妳

為了便於讀妳
我想長詩是較好的
開始前習慣沐戒
用兩三根菸點燃想念
這時
妳的名字躍然成形
於秋水

即化為佳篇
而分段是多餘的
因
妳不適合切割
是以將整首原封寄回
附上一紙問候：
詩無邪

括號太少框不住妳
我想這不是架構的錯
那麼試試
別
一次讀完
有時書籤是種溫柔的插入

長詩生於細讀
死於
寵

過期的詩聞不得
會臭

高級篇

所謂「笑中帶淚」，重點在於淚而不在笑

一首詩的成因

（一）一、在羊水：每次悸動都源於恐懼溺斃的痴

痴於渾然
總伴隨陣痛
你小小的四肢擺弄
如何搆的
之於生
便該在最靠近靈感的地方
動刀。

（　）二、在保溫箱裡：別自以為是地想操控溫度

走出是需要勇氣的
傻
如同自殺
總在最渾沌的舞台上
演

（　）三、在公園的沙地上：不斷堆砌被稱作架構的城堡

狗和現實請勿在此隨意便溺
想像不好清掃，比童年少了
一點具體
得在黃昏前找著那盞
吹不滅的真理

（　）四、在隆起的乳房和膨脹的陽具互相碰撞的過程：

做愛不等同存在
如果交媾的是一種詩緒的高潮
那激情過後
還有幾許意像剩下

（　）五、在某某報的副刊上：那些寫超出格子外的，編輯說：

「我們不另支付稿費。」
創作前最好用尺量過手顫抖的程度
一根白髮五元，比聲望好賺的多
難怪詩人滿街都是
難怪詩人

（　）六、在醫院的病床上：而沉沉睡了的不是錯誤

是以一種笑容死去的

夢拒絕妥協氧氣桶
手指溫馴幾近死去
唯有寫詩的勇氣適應了藥物的
癮
唯有吟詩的勇氣適應了藥物的

（ ）七、在巷子口轉角的舊書攤：發現你的臉陷在
菜屑與湯汁與果皮與殘渣的私語
被一頁虛偽的笑折起：
某某某愛某某某刻在你左邊的眼簾
筆直的紅線把你剛毅的嘴唇削去一半
可恨的那些書評
更毫不留情地圈點出你額頭上極力掩飾的
疤

一切都是當初嘔血的
都不是當初嘔血的

（✓）**八、以上皆非。**
除了第十行的第六七個字
以及第三十六行的第六七個字
三十八行的第六七個字

p.s也可以選擇拒絕回答

一座城市罹患了色盲

不支倒地的攝影機
將一座城市分割成兩個鏡頭
右邊是灰瑟的天空
左邊是枯焦的草地
中間有道無立錐之處的天塹

鏡頭之外：
行動咖啡車——懶散的巴黎
章魚燒——圓滑的大阪
現榨蘋果汁——稀釋過的華盛頓

甩餅——自顧不暇的新德里
烤香腸——焦躁的本土
山東大餅——拗執的外省

鏡頭之內：
千篇一律的臉孔是對民主最大的挑釁
齊聲應和的台詞是對自由最深的詛咒
SNG不許重來
選舉可以
政客們以為搽脂抹粉就能擔綱八點檔主角
（儘管他們老記不住台詞，並且經常脫搞演出）
其實收視率飆高並非觀眾青睞
只是遙控器剛好沒電

星期一早上
精神科門診湧進了大批病患
他們都驚覺今天醒來
忽然罹患了色盲

最高興的不是醫生而是新聞主播——
他們總算不必再為服裝配色的問題
持續服用安眠藥

豢養

寂寞曾許得的
理智不許
如一宿命的星子
總在被託付的夜空

老去

用一種被豢養的姿勢
凝視著秋天與自己

直至眼角發酸
而空洞依舊

犬齒咬得開風
咬不得愁
笛聲也這麼說
便是一整季的默然
此時浮出水面的絕不是那尾說走就走的
槳

返家的雁群並不比風灑脫
更何況遺落地圖的旅人
只能掬把泥土緬懷
種下曾經的
卻開不出曾經

五百年前，菩提樹下
我想我們值得
為一場花祭默哀
當你哭出來
便化作一陣蟬鳴

魚若不笑
泡沫拿什麼去換
而靈魂
唯一值得以淚、以破敗的屋瓦
那一封被烽火溫過的家書

是該在身上掛塊牌子：

「無誠勿擾」或「現實與狗不得進入」

飛行員之死

啟航

鞭笞一旦落下
取而代之的是嗚咽的
記憶
那是世界上最難懂的一曲靈魂
是五千年來令人追憶的
一個傳說

尋根

哪來這麼大的勇氣

穿戴於身的沉寂
是蛹
是殼
是從無到有的過程中
靈魂釋放的副作用

四肢乾瘦的蹄子
踏過日落的殘暉
踏過月升的餘暈
踏滾滾紅塵也踏出
紅塵滾滾
而黃昏將你的身影
剪裁出兩字
「漠然」

那是一個古老國度的
誕生

飛

超然於深邃之外的羽翼
如何竟緊閉不伸
是背負了沉重壓力的身軀
再無法予你飛翔的動力！

如樓台的高鎖
只餘清秋的楓紅為你垂淚
又似閨婦常佇的窗
是一扇巨大到足以吞噬寂寞的
寂寞

於是在：
死生之間徘徊
愛恨當中沉浮
飛行不再是逃避
而是另一個尋向笑靨的
鏡面

當所有的秩序都失去歸依
你該慶幸仍有雙翅膀可供
意識的翺翔
那是世界上最美妙的姿勢

失事

那天下午
我們目睹了一齣悲劇的發生：

一個畫家的向日葵
遭酒醉的大亨輾斃
卻沒有人關心花的傷勢
只顧著爭議賠償金的多寡
在相隔數尺的巷子內
兩個小偷正為版稅的分贓不均
大打出手
這是一個稿費低迷的年代

神創造人類
卻說沒有完美的完美
才喚作天堂
姑且不論代價的昂貴
麥子們都願意捨棄一身的莘穗
去擷取不死的奇蹟

只有務實者冷眼旁觀一切
用半袋黃金享用了
豐盛的晚餐

飛機發明以前
人類只懂一種飛行的方法
或者稱為文學的翅膀
可惜後來過於賣弄速度
遺落當初不甘於行的魄力
那是加速墜落的姿勢

失事的那個下午
我看到了滿書桌的殘骸

餘生

凌晨一點四十七分
一隻喚叫「希望」的貓
在我窗前爬搔
牠抓抓頸子
象徵性的叫了幾聲　然後
走了

走
毫不眷戀地
御風而去
輕盈縱身一躍
只餘兩點渺茫

在黑暗中漸行　漸
遠

心頭一震：
難道是因為下午不小心踩到牠的尾巴
所以特地跑來嘲笑我
笑我不自量力　妄想
跟神祕的使者對抗

凌晨五點三十六分
起身梳洗
慶幸抓痕是在窗沿　而非
臉上

馬祖詩抄

卷一

（有人在坑道中掉隊）

時間被戰火的回音踢著走
花費一甲子的摸索
才將血汗釀成一甕甕特級高粱
斑駁的光影掃射在壁上
是一個個怵目驚心的彈痕
背離信仰的神

活得較久但容易失眠
酗酒的副作用遠較安眠藥低

砲聲在模糊的邊境響起
頻率倒不比鄰兵的打酣惱人
沒有月色的晚上
火光照出一條返鄉的路
只見母親捧著麵線等候
他吃下如白髮般細長的思念
胃疾竟不藥而癒

（最後被導遊找到的他
哭紅雙眼卻無人知曉原因）

卷二

沙灘的上輩子
是腳印的上輩子
是族譜結束顛沛的日子

水手醒在
土地以外的任何國家
唯有手上的煙吞吐出處
相擁取暖的海浪
原是魚群不小心吁了口氣
眷戀不去的候鳥
急著問你下趟船期

你抱怨梅雨打壞了羅盤

但說不定是自己哭濕的

卷三

潑皮的綠
一旦跌倒便耍賴不肯自己起來

苦楝沿著登山步道
飢餓地嚼了進去
不料石階太硬撞斷門牙
桃花忍著笑漲紅了臉
天空不說話像在裝憂鬱
其實是臉被抹髒的關係
下起雨但樹蛙不喜歡穿雨衣
感冒了便整夜咳個不停

星子在路燈中借宿
萬一有人敲門它許你一個願望：
要不你吹乾我眼中的淚我指引你方向
要不你轉身離開我繼續等待

等一個姓賈的詩人推開

卷四

冬天裡最熱情的不見得
是在你頰上猛親的東北季風

冒險是耽於大海的
在陸地則擱淺出一棟棟家
當早歸的漁人
或者返鄉的遊子

在此寫下各自的篇章——
小孩子巴在老屋身邊聽故事
老人瞥見窗外的自己多年輕

那時還沒有大同電鍋
父親不太吃飯只顧喝酒
桌上永遠有尾焦黃的魚
它斜躺像枕在港邊的船
冬天裡最熱情的不見得

是大人罵你吃魚時隨便翻身

卷五

又沒人罰你站七-九
為何直挺挺擋在路中央

鴿子從未銜來過寶石
明信片永遠是爭論不休的肖像權問題
沒有人了解你不吵不鬧的原因
據說一到半夜就偷偷溜去買醉

輞川閑居

門扉半掩
卻見你憂鬱的目光輕推
便驚起飛鳥
斜斜逸出宣紙外的
一行自得

（連炊煙也裊得如此寫意）

倘若空山是你
那麼流水便是

哽在嘴裡來不及吐出的半截
噫！
便是輞川上浮著的二三片落寞
而枝頭還有少許未開綻的
孤獨守候

所以每年都得空出一季
用蟬鳴、用山歌
還有一條溫婉的河

你說：最好是秋
用一副理所當然的表情憑弔細雨
和沒有死透的
兩列青苔
把眼神都染紅了

閒居不能無酒
更不能醉到無力提筆
因為趕不及兩指拈槌的速度
只瞥見
木魚在空中抖落了二分之一朵蓮花
剩餘八指用來入定
之後才能宣稱：
我們終於弄清楚歸隱的原因
並且知道此處可酩酊

唯聞跫音響
唯聞失眠的腳步掠過屋脊
踢翻了三更無語
一盞祭星的

默然
人何在？

九月無雨　無風
獨有你竹杖芒鞋的
娓娓而行
交織成滿臉恬然
或者讓桃源在畫裡沉澱
你才能趁機出走
帶給我一個斗大的
禪

詩緒便在月光下炸裂

你的名字即結成一長串
驚嘆纍纍

外放勞動

草草將自己打包
裝成一單消瘦的行囊
便蓋上醒目郵戳（想必是國徽）
飄洋過海寄向北方

輸運時顛沛出比鹽份苦澀的淚
比晴空蒼白的臉
比忐忑　忐忑
說好的笑容逐漸枯萎
總算趕在風乾前

送達陌生國度
自此夢著一個客製化的夢

每日以鈴聲開場
在出勤卡上集結完畢
便領著各自影子
魚貫填入丈量好的螺孔
縝密嵌合而後
扭緊身軀直到滿身瘡痍
奮力扭出了一個民族的泰勒化

（每一天，以黑眼圈謝幕）

當我疲累
便偷瞄一眼存摺充電

當我想家
便淺嘗一口相片解饞
當他們打趣我聽的情歌很難聽
我只得用耳機關上自己

生命乃一片片被撕去皮肉的
發黃年曆
在時序的熔煉中淬化
在現實的運轉中支離
在每月的薪資袋內重又
孕育成人

拿所有的昨日餵養今日
拿所有的今日餵養
未　來

歷時三年的外放勞動
離鄉終是為了返家

一種叫「詩」的病毒

病毒序號：
靈感是妳
而我不過是盞被刮落的酒杯

潛伏地點：
在風中匡噹出好大一聲
痛
在眉間獨酌

發作時間：
每次都換來一陣高潮

潛伏期：
醒在夢境之外
寂寞
也可以是被允許的詩

在咀嚼過後
殘留滿嘴苦澀
於是靈魂陷入宿醉

症狀：
嘔出一床空白
任性是妳

孤僻也是
我們習慣在痊癒前大噬愛情
吐思緒的渣

詩人仍舊是不可原諒的傻瓜
因為他們不按時吃藥
而且自以為
看透一切
其實被看透的

那醒在上下唇之間
不斷碰撞
一種叫想像的
後現代

後記

好吧，且讓我們將戲謔玩笑的前言部分全都拋諸腦後，從現在開始，要用一種較為嚴肅、正經的態度來談論詩。

首先我得坦承，如此煞有介事地提筆撰寫對「自己」詩集的介紹，著實讓人感覺既羞赧、又有股說不上來的虛榮，猶如我的朋友們老愛在臉書上share他們的小孩近況……而今我多少能夠體會那種心境了；其次，衷心感謝每一位直接亦或間接促成這本作品問世的貴人（當然也包括詩作中所指涉的任何人事物），這個過程（自寫詩那一刻起）就好像是在拼組一幅巨型拼圖，倘若其中闕漏了哪塊碎片，縱然再微小不起眼，都勢必影響到最終的完成度。而我總算盡力。

詩是我寫作生活的起點。那時還太年輕，概因年輕，骨子裡總不可免地帶了點憤世嫉俗與對現實的不甘示弱，有朝一日忽然闖進詩的疆域，才驚覺原來世界上還可以有一種語言，它既婉轉又直白、既純粹又深奧，多元且多變的特色賦予了我全新的說話能力，於是我樂此不疲！大學期間是我寫詩最勤的時候，偶爾作品又在「詩路」上獲得刊登的機會，越發加深了筆耕不綴的信念。

只不過隨著年歲漸長，眼界閱歷慢慢開闊，亦拜讀了更多的優秀詩作，回頭再看，才發現儘管自己積極創作，其中稱得上還不錯的作品卻是少得可憐，加上參加了幾次文學獎競賽皆無斬獲，不禁開始懷疑起自己：你當真會寫詩嗎？反倒是在散文、小說方面的表現還更突出（文學獎以及副刊登載），自此我疏遠了詩。

萬幸當我一度準備放棄之際，臺灣詩學創作獎的散文詩獎項適時給了我莫大的肯定與信心，細讀評審老師們對我詩作的點評，振奮並且欣喜若狂，感覺像是有一雙雙手輕拍在肩膀，對著我說：小子，這回幹得還不錯！往後還得繼續加把勁啊！

那麼，我自忖自己是否也稍稍具備了成為一名詩人的資質？

每位創作者應當都會對自己的作品懷有一抹期待，期待它某天能夠集結成冊，化為更具真實感的實體，呈現在眾多讀者面前。積累了十多年的創作，我十分汗顏才勉強得以湊成一本詩集的成交量，實在是拿得出手的作品不多。我認了懶惰的罪！書名「幽默笑話集」，一方面基於本人無可救藥的惡趣味作祟，卻也如實反映出自己的創作詩觀——我總覺得縱然好詩太多，但讓人不那麼容易親近的亦不在少數，如我一個本科系出身的中文人，都常會讀詩讀到無以為繼、心力交瘁，則不難理解何以很大一部分的閱讀者對於詩作的態度會是「敬而遠之」。我期勉自己多寫些貼近生活、淺顯易懂的作品，並且帶著淡淡的詼諧或挖苦，譬如這本詩集裡的大多數作品，假如讀了詩的人最後可以從中獲取某些樂趣，那將是我為之努力一輩子的動力所在。假如這個世界剝離掉詩，我們仍舊可以如常生活；然而因為有了詩，我們的生命頓時變得鮮艷豐富許多。

語言文學類　PG1829　吹鼓吹詩人叢書34

幽默笑話集

作　　者／旋轉木馬
主　　編／蘇紹連
責任編輯／盧羿珊
圖文排版／楊家齊
封面設計／楊廣榕

發 行 人／宋政坤
法律顧問／毛國樑　律師
出版發行／秀威資訊科技股份有限公司
114台北市內湖區瑞光路76巷65號1樓
電話：+886-2-2796-3638　傳真：+886-2-2796-1377
http://www.showwe.com.tw
劃撥帳號／19563868　戶名：秀威資訊科技股份有限公司
讀者服務信箱：service@showwe.com.tw
展售門市／國家書店（松江門市）
104台北市中山區松江路209號1樓
電話：+886-2-2518-0207　傳真：+886-2-2518-0778
網路訂購／秀威網路書店：http://www.bodbooks.com.tw
國家網路書店：http://www.govbooks.com.tw

2017年9月　BOD一版
定價：250元

國家圖書館出版品預行編目

幽默笑話集 / 旋轉木馬著. -- 一版. -- 臺北市 :
秀威資訊科技, 2017.09
面；　公分. -- (吹鼓吹詩人叢書 ; 34)
BOD
ISBN 978-986-326-453-8(平裝)

856.8　　106012556

讀者回函卡

感謝您購買本書，為提升服務品質，請填妥以下資料，將讀者回函卡直接寄回或傳真本公司，收到您的寶貴意見後，我們會收藏記錄及檢討，謝謝！

如您需要了解本公司最新出版書目、購書優惠或企劃活動，歡迎您上網查詢或下載相關資料：http:// www.showwe.com.tw

您購買的書名：______________________________

出生日期：________年________月________日

學歷：□高中（含）以下　□大專　□研究所（含）以上

職業：□製造業　□金融業　□資訊業　□軍警　□傳播業　□自由業

□服務業　□公務員　□教職　□學生　□家管　□其它_____

購書地點：□網路書店　□實體書店　□書展　□郵購　□贈閱　□其他

您從何得知本書的消息？

□網路書店　□實體書店　□網路搜尋　□電子報　□書訊　□雜誌

□傳播媒體　□親友推薦　□網站推薦　□部落格　□其他__________

您對本書的評價：（請填代號　1.非常滿意　2.滿意　3.尚可　4.再改進）

封面設計____　版面編排____　內容____　文／譯筆____　價格____

讀完書後您覺得：

□很有收穫　□有收穫　□收穫不多　□沒收穫

對我們的建議：______________________________

____

____

____

請貼
郵票

11466
台北市內湖區瑞光路 76 巷 65 號 1 樓
秀威資訊科技股份有限公司 收
BOD 數位出版事業部

（請沿線對折寄回，謝謝！）

姓　　名：＿＿＿＿＿＿＿＿　年齡：＿＿＿＿　性別：□女　□男

郵遞區號：□□□□□

地　　址：＿＿＿＿＿＿＿＿＿＿＿＿＿＿＿＿

聯絡電話：(日)＿＿＿＿＿＿＿＿ (夜)＿＿＿＿＿＿＿＿

E-mail：＿＿＿＿＿＿＿＿＿＿＿＿＿＿＿＿